솔이 사는 절벽

솔이 사는 절벽

—

초판 1쇄 2018년 3월 26일
초판 2쇄 2022년 12월 5일
지은이 이향자
펴낸이 김영재
펴낸곳 책만드는집

—

주소 서울 마포구 양화로 3길 99, 4층 (04022)
전화 02-3142-1585·6
팩스 336-8908
전자우편 chaekjip@naver.com
출판등록 1994년 1월 13일 제10-927호
ⓒ 이향자, 2018

—

—

ISBN 978-89-7944-647-0 (04810)
ISBN 978-89-7944-513-8 (세트)

한국의 단시조

0
2
1

솔이 사는 절벽

이향자 시집

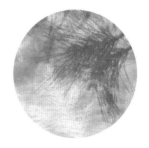

책만드는집

　이향자 시인이 등단 20년 만에 첫 시집을 상재한다. 단수만을 모은 시조집이다. 요즈음의 추세에 비하면 많이 늦은 편이다. 바꿔 말하면 그만큼 스스로에게 엄격했다는 의미가 되기도 한다.

　시란 오랜 세월 내 안에서 잉태되어 자라고 깎이고 재조립되어 발효와 숙성의 몸부림을 거친 뒤에 드디어 탄생되는 몇 방울의 영롱한 정제수 같은 것이다. 글로 써야 하는 모든 문학 작품이 그렇지만 그중에서도 시 혹은 시조, 시조 중에서도 단시조는 45자 내외의 한정된 글자 수를 가지고 의도하는 모든 것을 나타내야 하기 때문에 단어 하나, 토씨 하나까지도 선택에 심혈을 기울여야 한다. 45자 안에 철학과 사상과 전하는 메시지와 시조의 운율 등, 이 모든 것이 녹아 있어야 하기 때문이다.

　등단 후 20여 년간 심혈을 기울여 쓰고 고치며 세월의 무게를 더한 첫 시집,『솔이 사는 절벽』의 출간이야말로 이향자 시인의 일생이 녹아 있는 삶의 기록이자 고백의 시작始作이라고 해도 좋을 것이다.

　서정에 바탕한 이향자 시인의 시는 읽는 사람의 마음밭을 행복하게 하고 위로해주고 미소 지으며 고개 끄덕이게 한다. 이 시인의 시는 힘주어 철학을 논하거나 근사해 보이려 과하게 꾸미거나 미사여구를 남발하거나 일부러 어렵게 써서 읽는 사람을 힘들게 하지 않는다. 심하게 분칠하지 않고 담담하고 정직하게 노래하고 있다. 때로는 낯설게 하기 기법으로 신선한 충격을 주기도 한다. 문학의 궁극적 목적이 인간성 회복 내지 인간에 대한 위로와 감동에 있다면 이 시집은 성공하고 있다.
　흔히 시조 창작의 가장 큰 난제가 제한된 글자 수를 가지고 이미지화하는 것이라고 얘기한다. 그런데 이 시인은 이미지화하는 면에서 지금까지 보지 못한 독특한 표현으로 독자들의 의표를 찌르고 있다. 또한 시조의 운율을 자유자재로 운용하며 특히 뛰어난 종장 처리로 작품의 완성도를 높이고 있다. 시조 창작의 가장 큰 어려움을 장점으로 활용하고 있다는 건 그만큼 내공이 뛰어나다는 뜻이기도 하다.

　몇 작품을 살펴본다.
　제1부 '가을이 출력하는 은행나무 사진 한 장'부터 제5부 '땅에는 꽃구름 하늘에는 솜털구름'까지 장章마다 붙어 있는

소제목들도 지나칠 수 없는 아름다운 시의 구절들로 되어 있다.

은행잎 줍던 날 스쳐 간 인연 하나

옆으로 다가와 은행나무 흔들더니

그 모습 사진 찍혔네

가을이 또 출력하네
　–「누구일까 그 사람은」 전문

　가을마다 생각나는 어떤 사람에 대한 그리움을, 내가 그리워해서 생각나는 것이 아니고 가을이 사진 찍어뒀다가 매년 때가 되면 출력한다는 발상의 전환이 놀랍고 신선하다.

아픈 어머니 손잡아 드리려고

한밤에 동산 넘어 고향 집에 갑니다

비구니 잿빛 옷자락

밤이슬에 젖습니다
　-「하현달」 전문

　'하현달'과 '비구니 잿빛 옷자락'의 이미지를 조합한 솜씨
가 놀랍다. 이미지화한다는 것이 어떤 것인지를 이 작품에서
잘 보여주고 있다. "비구니 잿빛 옷자락"이 "밤이슬에 젖"는
다는 이 표현 속에는 설명하지 않아도 많은 뜻이 숨어 있다는
걸 알 수 있다. 이렇게 절제된 표현으로 큰 울림을 가져오는
시야말로 시조시인들이 지향하는 현대시조의 모든 것이 아닐
까 한다.

솔과 절벽이 서로에게 미안하다네

가슴을 후볐다고

깊이 품지 못했다고

그 아래 푸른 물결이 추임새로 철썩이네
　-「솔이 사는 절벽」 전문

　팽팽한 긴장 속에 살아가는 현대인들은 하찮은 일에도 쉽
게 적의를 드러내기도 하지만, 반대로 지극히 작은 몸짓이나

사소한 말 몇 마디에도 서로에게 위로와 치유 그 이상이 될 수 있다는 걸 보여주는 작품이다. 우리가 사는 현실이 아무리 백척간두라 해도 삶이 행복한 이유가 여기에 있다.

봄날 꽃잔치였지

너 영영 떠나던 날

이 세상 모든 꽃은 하느님의 참회록

저승 간 어린 목숨을

꽃으로 덮으시네
　－「하느님도 눈물을 흘리시네」 전문

7남매 중 셋째인 이향자 시인은 남동생 둘을 먼저 하늘나라로 보낸 가슴 아픈 가족사가 있다. 그러한 사연들을 날것 그대로가 아닌 삭여진 아픔으로 아름답게 그려내고 있다.

살다 보면 우리가 아는 상식으로 이해되지 않는 일들을 만날 때가 많다. 죄 없는 어린 생명을 저세상으로 보내고 떨어지는 꽃을 보며 이 시인은 "하느님의 참회록"이라고 말하고 있다. 하느님이 당신의 섭리를 위해서 어린 생명을 데려가셨지만 남아 있는 가족들의 아픔을 생각해서 가장 아름다운 꽃으로 위로해주시고 덮어주신다고 했다. "하느님의 참회록"이라는 말 자체가 외람되지만 이 시인은 그렇게 생각하며 신의 위로를 받고 싶어 한다. 어느 종교의 교리에도 없는 이 발상은 이 시를 읽는 사람들에게 많은 위로와 감동을 주고 있다.

> 내가 나를 안았더니
> 슬픔이 나를 안네
>
> 슬픔이 꽃이라고
> 꽃이 슬픔이라고
>
> 꽃들이 가까이 다가와
> 향기로 안아주네
> ―「위로」전문

　이향자 시인의 작품에는 꽃을 노래한 작품이 많다. 꽃을 노래하면서도 작품마다 전하는 메시지가 다 다르다. 이 작품에서 이 시인의 철학을 엿볼 수 있다. 이 시인은 기쁨과 슬픔, 사랑과 이별, 아픔과 위로 등 모든 것이 섞여 있는 이 세상 자체를 꽃밭이라 생각하며 살고 있다는 걸 알 수 있다. 이 시인

에게 있어 꽃은 기쁨이고 슬픔이며, 위로와 치유이며, 가슴
속의 불꽃이고, 온갖 추억의 매개체이고, 신의 참회록이기도
하다.

또한 몇 작품의 종장을 살펴보면,

잘못 쓴 너의 주소를 고쳐 쓰며 날고 있다 (「가을 편지」)

여태껏 / 떠나지 못하고 / 손 흔들고 있네요 (「갈대」)

진리가 곁에 있었네 // 정성껏 밥을 짓자 (「밥을 짓다」)

노을빛 치마저고리 내 수의도 마련했네 (「단풍이 지네」)

슬픔도 받들어 올리면 // 날개가 돋는다 (「무녀巫女」)

덩기덩 신나는 장구춤 // 깊이 감춘 속울음 (「품바 여인」)

이제 곧 매서운 겨울 // 낮게 낮게 조율하네 (「만추의 노래」)

까치는 제 그림인 양 발자국 눌러 찍네 (「설경」)

목이 긴 꽃이 되었네 // 온몸으로 꼬리 치네 (「코스모스」)

와 같이 뛰어난 종장 처리가 화룡점정이 되어 작품의 완성
도를 높이고 있다. 초·중장만 읽었을 때와 초·중·종장을 함
께 읽었을 때를 비교해보면 종장이 가지는 비중이 얼마만 한
가를 확연히 알 수 있다. 이러한 능력이 이향자 시조의 앞날에
기대를 걸게 하는 이유이다.

이 시인의 고향은 문향文鄕이라 불리는 전남 장성이다. 하서
김인후의 필암서원이 있는 곳으로 오천 김경수 의병장을 비
롯하여 윤진 장군, 성리학의 대가인 노사 기정진 등 역사상 많
은 인물들이 충절과 학문의 꽃을 피운 고장이다.

이러한 고장에서 자라난 이향자 시인은 그 영향일까, 교직
생활을 하던 중 시조시인으로 등단하게 된다. 명예퇴직 후
시조 창작에 매진하더니 근래에는 문인화에 심취하여 직접
그림을 그리고 시를 써서 작품을 만드는 모습이 참으로 아름
답고 숙연하기까지 하다. 세계전통시인협회 주최 국제대회
가 열릴 때면 이향자 시인의 문인화가 그려진 부채를 선물 받
은 회원들이 그렇게 행복해할 수가 없다. 무슨 일이든 한번
시작하면 끝까지 천착하는 이 시인 성품의 일단이 여기서도
보인다.

우리 시조단에 이향자 시인이 넓혀놓은 시조의 지평에 박

수를 보내며 앞으로 괄목할 제2, 제3의 시집을 기대한다. 첫 시집 발간에 한없는 축하를 보낸다.

– 최순향

《시조생활》주간·세계전통시인협회 한국본부 부회장

어느 시인은 사막의 밤이 고독하여 별의 문자를 배운다고 한다.

나도 별의 문자를 배우고 싶지만, 사막의 밤은 멀고 별은 아득하다.

가까이에 있는 꽃의 문자를 배우기로 했다.

꽃의 마음을 얻으려고 고독을 맑히고 있다.

꽃에게 말을 걸고 새로 만든 꽃말로 시를 쓴다.

－2018년 3월
봄빛 도란거리는 용마산 자락에서
이향자

1부 가을이 출력하는
은행나무 사진 한 장

2부 해거름 들녘에서
누가 첼로를 켜네

3부   사랑에는 사랑만 있는 것이 아니네

4부 이 세상 모든 꽃은
하느님의 참회록

1부

가을이 출력하는
은행나무 사진 한 장

가을 편지

밤새워 쓴 편지가 낙엽으로 반송된 날

기러기 떼 하늘에다 글을 쓰며 날고 있다

잘못 쓴 너의 주소를 고쳐 쓰며 날고 있다

누구일까 그 사람은

은행잎 줍던 날 스쳐 간 인연 하나

내 옆으로 다가와 은행나무 흔들더니

그 모습 사진 찍혔네

가을이 또 출력하네

백일기도하듯이

한 백 년 농사짓고

다음 백 년 춤추고

생이 무한하다면 첼로도 켜고 싶지만

백 날씩 하기로 했다

날마다 새날처럼

물그림자

댕기 나풀거리는 제 그림자 제짝인 듯

이른 아침 강가에 홀로 선 왜가리

그 곁에
내 물그림자

그리움이 여울지네

꿈길 따라

포도나무 아래로 그대 오시어요

보름달 둥실 뜨면 달빛 젖어 오시어요

여름밤
'달·포도·잎사귀' 함께 외던
그날처럼

위로

내가 나를 안았더니
슬픔이 나를 안네

슬픔이 꽃이라고
꽃이 슬픔이라고

꽃들이 가까이 다가와
향기로 안아주네

서설瑞雪

홍매화 벙그는 날
봄눈이 내리네

마음 갈피갈피 간직한 시구詩句들

이른 봄
뜨락에 나와
내 마음을 춤추네

산중문답山中問答

이태백 무현금을 살짝 튕겨봅니다

무릉도원 개울 따라 흐르는 복사꽃잎

임 뵈듯
산중문답을
가만 읊조립니다

먹그림

검푸른 숯빛,

다시 활활 타고 싶은

묵모란 한 송이 당신께 보냅니다

가까이 걸어두고서

불꽃인 양 보소서

그대는 옥입니다

어느 날 운명처럼 그대를 만났습니다

어느 날 눈물 나는 흠 하나 보았습니다

옥에도 티가 있다는 말

그 뜻을 알았습니다

며느리밥풀꽃

깊이 감추었지
속울음으로 웃었지

전설은 꽃을 피우고
나는 시를 쓰고

참 맑은
슬픔 한아름
시처럼 피어 있다

포옹

강이 시내를 품어 뭇 생명 키우듯이
네 슬픔 물처럼 내 품에 안기렴

이 세상 슬픔이 커서 바다는 드넓다

고요

'마음을 다스려 평화로운 사람은 말하지 않아도 향기가 맴돈다'

오롯이

수련이 핀다

싱그러운 아침 고요

내 노래

바람이 놓고 간 노래
혼자 흥얼거리며

외딴곳 들풀처럼
산비탈길 나무처럼

고적한 제자리걸음
홀로 고운 내 노래

장미

순간 긋고 가는 날렵한 사금파리

그 순간 피어나는 붉은 장미 한 송이

때때로 피었다 지는

내 안의 아린 사람

천리향

지난밤 꿈
여운이 감도는 이른 아침

마음이 끄는 대로 살며시 나가보니

새침한 서향나무가 향주머니 열었네요

진달래

적막을 건너온 화려한 소문 하나

꽃샘바람 팔락이며 들판을 떠돌더니

화르르 꽃불 지르네

염문을 퍼뜨리네

2부

해거름 들녘에서
누가 첼로를 켜네

갈대

이산가족 만나는 날
다시 또 헤어진 날

아쉬운 그 손들이 갈대밭에 모였네요

여태껏
떠나지 못하고
손 흔들고 있네요

백로 한 쌍

그리움이 강물이면 종이학 새가 되네

우아한 날갯짓 설레는 가을 강변

물결도 그 시늉 하네 내 사랑 새가 되네

만추의 노래

해거름 억새밭을 휘젓는 하늬바람

늦가을 언덕에서 누가 첼로를 켜네

이제 곧 매서운 겨울

낮게 낮게 조율하네

설경

새하얀 언덕에 푸른 솔 한 그루

허전한 여백에 박새 한 쌍 날아들고

까치는 제 그림인 양 발자국 눌러 찍네

하현달

아픈 어머니 손잡아 드리려고

한밤에 동산 넘어 고향 집에 갑니다

비구니 잿빛 옷자락

밤이슬에 젖습니다

강산무위 江山無爲

바림선 몇 줄뿐인 시인의 추상화

마음 맑혀 바라보니 푸른 숲이 일어서고

조용히 귀 기울이니

잘랑잘랑 물소리

입추

아직은 매미 소리 찌릉찌릉 뜨거운데

성급한 귀뚜라미 아쟁을 끌고 온다

해 질 녘 나의 동무들

소프라노 또는 테너

달항아리

맑고 은은한 미소 규방의 조선 여인

붉은 동백 한 아름 안겨주고 싶어라

만지면 간지럼 타겠네

여리여리 도는 숨결

가을 아침

심심한 연잎이 이슬을 굴립니다

풀벌레 노래도 같이 섞어 굴립니다

궁금한 하늘이 내려와

파랗게 참방댑니다

겨울밤

함박눈 소리 없이 나붓나붓 내리는 밤

산골 처녀 등불 앞에 한 땀 한 땀 수놓고요

나무는 태몽을 꿉니다

신록 잉태합니다

그 후

쓰나미 휩쓸고 간 인적 없는 마을에

꿈을 안고 날아드는 민들레씨 한 무리

움트는 푸른 새싹들

희망을 속삭인다

꽃말 지을 때

꽃은 또 나를 불러 제 앞에 서게 한다

알 수 없는 몸짓으로
먼 이국의 언어로

그 옛날 꽃말 지을 때

너랑 나랑 함께였니?

바람 불어 좋은 날

지는 잎 춤사위가 제법 운치롭다

한 잎 두 잎 가붓가붓

우수수 우수수수

꽃다운 이별이어라

나도 두 손 흔든다

보호색

배추벌레 배추색 나비 되면 하얀색
카멜레온 주변 따라 다채롭게 변하네

미물도 아는 이치를 나는 여태 몰랐네

코스모스

버려진 그 길가에 가을이 다시 왔네

까만 승용차만 쫓아가던 강아지

목이 긴 꽃이 되었네

온몸으로 꼬리 치네

첫눈

아직 붉은 단풍 위에
내미는 내 손바닥에

살포시 내려와 이내 녹습니다

간절한 소식 같아서
두 손으로 받습니다

새 아침

활짝 웃으시며 해님 오십니다

붉은 꽃잎 흩날리며 팡파르 울립니다

온 누리
따뜻한 밥상
새 아침이 열립니다

3부

사랑에는 사랑만
있는 것이 아니네

밥을 짓다

행복에는 행복만 있는 것이 아니네
사랑에는 사랑만 있는 것이 아니네

진리가 곁에 있었네

정성껏 밥을 짓자

발가락을 세어보다

풀잎과 눈 맞추기
잔잔한 슬픔이네

벚꽃 지는 봄날은
포근한 슬픔이네

어쩌나
다리 저는 어린 새
차디찬 슬픔이네

눈물 강

살아온 날들이 실개울로 흘러흘러

돌부리에 차이며 협곡을 흘러흘러

드디어 강에 이르면 소리쳐 울어도 좋아

그믐달

등대
멀고 먼

적막한 새벽길

머뭇머뭇 돌아보는
눈빛이 애처롭다

희미한
등대를 찾아

떠나가는 새벽길

단풍이 지네

먼 나라 여행 가듯 손 흔들며 떠나네

곱게 물든 옷을 입은 아름다운 뒷모습

노을빛 치마저고리 내 수의도 마련했네

난초

고운 춤을 추다가 부끄러워 멈춘 듯

슬픈 춤을 추다가 눈물겨워 멈춘 듯

벙그는 꽃봉오리가 잎새 뒤에 수줍다

귀뚜라미

내 잠을 끌어다가 길 닦고

등불 걸고

임의 이름 부르네요 밤 깊도록 귀뚤귀뚤

당신도 귀뚜라미인가요

창밖에 오셨나요

찬란하여라

밥태기꽃 흐드러진다

이팝꽃 넘쳐난다

가난이 부끄럽던 첫사랑 보릿고개

봄이면 허기진 가슴

못 지우는 봄앓이

얼레지

어룽어룽 눈물 꽃 옷자락 얼룩얼룩

울다가 웃다가 고개 숙인 작은 꽃

너처럼 나도 울었다

안 그런 척 웃었다

함박눈이 내린다

가난도 원망도 아득히 멀어지고

다만 다가오는
내 슬픈 이름 하나

그곳은 꽃 지는 봄인갑다

쏟아지는 하얀 꽃잎

새들의 고향

물푸레나무 아래 사철 맑은 옹달샘
산새 들새 지저귐이 일렁얄랑 즐거운 곳

마술사
하얀 비둘기
고향은 어디일까

도라지꽃

살짝만 간질이면 너는 크게 웃었지
자꾸자꾸 간질이라고 내밀던 작은 발

잔잔히 흩어지는 웃음
너의 모습 같구나

큰누나

보릿고개 못 넘어 돈벌이 떠난 누나

다음해 감꽃 필 때 웃으면서 돌아왔다

어쩌다 쌀밥 먹던 날

흑백 영화 한 장면

세미원의 여름

세미원 넓은 연지 가득 채운 푸른 연잎

피는 꽃 지는 꽃 사이사이 꽃봉오리

꽃술을 목에 두른 연밥이

운치를 보태네요

냄비를 닦다

탄 냄비를 닦다가 어깨 병이 도졌다

냄비와
내 어깨
값을 헤아린다

살면서 얼마나 많이

내가 나를 버렸는가

동백꽃 지다

그리던 동박새 꽃술에 다녀간 날
꽃잎 더욱 붉더니 혼절하고 말았네

웃음꽃 함빡 머금고

길바닥에 누웠네

무녀 巫女

얼마나 삭여야 저리 가벼워질까

이승의 경계에 놓인
잘 벼린 작두날

슬픔도 받들어 올리면

날개가 돋는다

4부

이 세상 모든 꽃은
하느님의 참회록

솔이 사는 절벽

솔과 절벽이 서로에게 미안하다네

가슴을 후볐다고

깊이 품지 못했다고

그 아래 푸른 물결이 추임새로 철썩이네

하느님도 눈물을 흘리시네

봄날 꽃잔치였지

너 영영 떠나던 날

이 세상 모든 꽃은 하느님의 참회록

저승 간 어린 목숨을

꽃으로 덮으시네

겨울 나그네

마지막 기차도 이미 떠나가고

난로 식어가는 텅 빈 대합실

밤길은 캄캄한 터널

어디로 가야 하나

꽃만 보라 하신다

오늘도 하늘가에 꽃상여 한 채 떴다

왜 왔다가 왜 가는지 비밀에 부치시고

푸지게 푸지게 피는

꽃만 보라 하신다

귀울음

단잠을 갉아먹는 억울한 기억 하나

벼루에 싹싹 갈아 흑장미 그렸더니

벌 나비
향내를 맡고
내 한밤을 날고 있네

호숫가에서

수선화

불렀더니 해맑게 웃는다

짓궂은 꽃샘바람 괜찮으냐 물었더니

춥지만
외롭진 않다

싱그럽게 웃는다

낙화유수落花流水

감춰둔 분홍 편지 환히 소문나네

물수제비 통통 뛰던 섬진강 물결 위에

꽃잎이 퍼뜨린 소문

강마을 매화 지네

은방울꽃

수줍어 고개 숙인 순한 사랑입니다
제 귀에만 들리는 가냘픈 방울 소리

남몰래 깊이 간직한

그윽한 사랑입니다

순간

곱게 깔린 낙엽 위에 첫눈이 오시네요

고개 숙여 마주 보는
눈, 그 작은 결정

한순간 머물다 가는

너와 나의 짧은 만남

Q 씨와 무명 화가

노점 예술가
화가와 도장쟁이

그림에 찍힌 도장
어사화로 피어라

은촛대 놓인 식탁에
웃음꽃아 피어라

밤나무 옹이

풋밤 재촉하던 발길질의 흔적

젊은 날의 아픈 기억
옹이가 풀어놓네

가시에 숨겨서 키운

아람 벌고 있는 날

화이부동 和而不同

한 줄기에 가지가지 오손도손 살고 있네
알록달록 어울리니 버릴 것 하나 없네

분꽃이 빛깔로 하는 말

가슴으로 들었네

봄은 또 오는데

메마른 잔디에 푸른 숨결 다시 돌고

나무들도 수런수런 기지개를 켜는데

현충원 젊은 병사는

올봄에도 주무시네

카카오톡

아침마다 보고 싶은
나의 생인손이여

그대 창을 기웃대는
나는 푸른 나팔꽃

그리움
부호에 숨겨
'오늘도 좋은 하루!'

풍경 風磬

중생을 품어 안은 도봉산은 말이 없고

만장봉 도는 구름 괜찮다고 하는데

천축사 풍경 소리가

다 안다고

뎅그렁

낙화

너와 나 애틋한 정 그랬으면 좋겠다

소나기 지나간 뒤 능소화 담장 아래

이별도 사랑이란다 지지 않는 꽃이란다

메리 크리스마스

성탄절이 두려운 큰길가의 나무들

속수무책 내민 팔에 오색 불빛 휘감기면

으으으 삼키는 비명
겨울밤이 찬란하다

5부

땅에는 꽃구름
하늘에는 솜털구름

고고孤高하다

수령樹齡 삼백오십 백양사 매화나무

꿈틀대는 일필휘지 꽃망울 터트린다

우람한 명화 한 폭이 새봄 열고 있다

눈꽃

고요와 침묵 속으로 정갈하게 스민다

무량한 품에 안긴 나는 어린 양

온 세상 하얀 꽃나무

붉은 죄도 하얗다

솜털구름

농사짓기 즐기시는 울 엄마 목화밭
하얀 솜 몽실몽실 꽃보다 더 좋아라

하늘밭 일구는 재미
잘 계시네 울 엄마

벼랑길

깜깜절벽 긴 여정

칡넝쿨 사다리

움켜쥔

여린 손

피멍울빛 칡꽃 핀다

지나온 벼랑길에 핀

자줏빛 칡꽃 송이

작심하다

말실수하고 돌아오며

묵언수행 생각했다

스스로 위로할 핑곗거리 찾다가

'침묵은 내 울타리다'

일기장에 적었다

시린 사랑

화려한 꽃 가득 핀 작약밭 지나와서
금낭화 비단 주머니 예쁜 길섶 지나와서

풀꽃과 눈 맞추었네
쪼그리고 앉아서

길을 닦다

굴러다닌 시어들 제자리 찾아주고
잡동사니 다 버리니 책장이 깔끔하다

남은 날 외롭지 않겠다

나의 시집 길동무

가랑비 내리네

백두대간 가고 있는 그 사람 어깨 위에

지리산 주목나무 고사목 어깨 위에

홀연히 사라진 사람 그리는 내 어깨 위에

석별

단풍잎 떨어진다

홀연히 가버린 사랑

마른 잎 따라 진다

까마득한 옛사랑

모두 다 떠나간 자리

나 홀로 남아 있다

어쩌랴

벼랑에 뿌리 내린
그건 숙명이네

발밑이 아찔하여 허공만 우러러

휘어서 멋들어지네
독야청청 소나무

나뭇잎점

나뭇잎 한 장 따서 떨어뜨려보았다
엄마가 국화빵 사 오실까 아닐까

뻐꾸기 울음소리도 배고프던 어린 시절

잠

슬픔이 목에 걸려 이도 저도 못 할 때
얕은 잠 한 자락을 끌어오는 큰 손

다가올 생의 끝자락

깊은 잠을 보았네

샘물

샘물이 맑은 까닭은 끊임없이 솟기 때문

슬픔도 자꾸 솟으면 맑아질 날이 있지

진주는 조개의 아픔

슬픔도 필요하지

초승달

하나 둘 별이 돋고 초승달 실눈 뜨면
유년의 풍경들이 아련히 펼쳐진다

오월의 푸른 보리밭
자운영 꽃물결

산벚꽃

고요한 산자락에 산벚꽃 활짝 폈네

손 내밀면 파닥파닥 꽃날개 돋을 듯

일시에 흩날릴까 봐

술렁이는 산자락

품바 여인

키 작고 못생기고 다리는 휘었어도

목청만은 좋아서 잘나가는 엿장수

덩기덩 신나는 장구춤

깊이 감춘 속울음

마네킹

인사동 옷가게 앞 숨 쉬는 마네킹

깜빡이는 눈을 보고 화들짝 놀란 사람

"어머나 다리 아프겠네"
못 들은 척 눈만 깜빡

절제된 자유의 시조 미학
또는 이미지 시조의 향연

김봉군 문학평론가·시조시인·가톨릭대학교 명예교수

1. 여는 말

시조는 왜 쓰는가? 절제된 자유를 향유하는 서정 장르이기 때문이다. 서정 장르, 서정시는 시인의 체험을 예각적으로 표출한다. 서정 장르인 시조 또한 다르지 않다. 한눈에 들어오는 짧은 문학 양식으로 시조만 한 것이 없다.

세계 전통시 가운데 시조는 독특하다. 세계 전통시가 고정된 틀을 지키는 정형시定型詩라면, 시조는 3장 6구 12음보로 된 정형시整形詩다. 단위 음보의 음절 수에 유연성이 허용되므로 '형식(언어)의 감옥'이라는 자유시의 비판에서 시조는 비교적 자유롭다. 시조에는 운韻이나 강세强勢 같은 엄격한 제약 조건도 없다.

일본 하이쿠는 너무 짧아 언어미학적 실체로서는 심히 옹색하다. 아리스토텔레스도 『시학』에서 지나치게 짧거나 긴 것은 아름답지 않다고 했다. 자유시는 너무 길거나 어지러워 독자 확보 불능에 빠져들고 있다. 최근에 서울시인협회는 1페이지 이내의 길이로 시 쓰기 운동을 실천하는 중이다. 시 잡지《시see》에 그 실상이 드러나 있다. 심지어 소설도 짧아져 미니 픽션까지 출현했다. 콩트는 너무 짧아서다.

시조는 알맞은 길이에, 형식과 정서·사유思惟를 표출하는 데 '절제된 자유'를 누릴 수 있기에 21세기 서정 양식으로 적합하다. 시조를 쓰는 이유다. 이뿐 아니라 시조는 전통 정서와 사유 지향을 현대화하는 과제를 안고 있다.

이향자 시인의 시조 쓰는 이유를 평설자가 대신 말하였다. 이 시인의 시조집 『솔이 사는 절벽』에서 독자들은 전통적 소재와 정서인 자연 서정과 그리움을 쉬이 만나게 될 것이다. 문제는 현대미학적 감수성으로 '절제된 자유'를 만끽할 수 있는가에 있다.

2. 이향자 시조의 시조 미학적 특성

이번 이향자 시조집에 실린 총 85수의 시조는 자연 서정류 32수, 그리움류 18수, 회상류 14수, 지혜 터득류 12수, 회고와 고독류 6수, 삶의 한 단면류 3수 등으로 분류된다. 이향자 시인은 이를 모두 짧은 단시조單時調로 썼다.

기법으로 대화체, 절묘한 비유, 버리고 벼린 모국어 향연, 대중미학적 패러디, 시적 감탄의 종결어미 '-네'의 구사 등이 동원되어 심미적 체험을 살찌운다. 현대시조의 생명은 이미지 창조다. 이향자 시조는 이 요건에서 감동을 준다. 어조語調,tone 또한 중요하다. 어조부터 살피기로 한다.

(1) 어조

이향자 시조의 어조는 나긋나긋하다. 치열한 회오나 자탄이며 원망, 촉구 같은 강렬성은 불끈거릴 여지가 없다. 가만가만한 어조가 아득한 그리움을 불러온다. 어조가 가녀리지 않으면서 부드럽기 그지없다.

　　수선화 // 불렀더니 해맑게 웃는다 // 짓궂은 꽃샘바람 괜찮으냐 물었더니 // 춥지만 / 외롭진 않다 // 싱그럽게 웃는다 (「호숫가에서」전문)

자문자답형이지만 대화체 시조다. 톤이 낮고 밝고 싱그럽다.

　　이산가족 만나는 날 / 다시 또 헤어진 날 // 아쉬운 그 손들이 갈대밭에 모였네요 // 여태껏 / 떠나지 못하고 / 손 흔들고 있네요 (「갈대」전문)

남북 이산가족들의 헤어지는 손길들이 갈대 표상으로 흔들린다. 자칫 애탄에 자지러질 역사의 현장을 녹여 표출했다. 이것이 현대시조다운 절제다. 어조가 가라앉아 있다. 시적 자아가 지레 흥분하면 독자는 난감해진다. 이향자 시인은 이런 시법詩法을 안다. 짧지 않은 시력詩歷, 원숙경圓熟境이 보인다. 이향자 시조의 일관된 특성이다.

(2) 이미지

현대시조의 생명은 이미지 창조에 있다. 이 점은 자유시와 다를 것이 없다. 현대시는 영탄과 직설적 담론을 극도로 삼간다. '들려주기telling'보다 '보여주기showing'의 기법이 요청된다.

밤새워 쓴 편지가 낙엽으로 반송된 날

기러기 떼 하늘에다 글을 쓰며 날고 있다

잘못 쓴 너의 주소를 고쳐 쓰며 날고 있다
　-「가을 편지」 전문

반송된 편지의 은유는 낙엽이고, 기러기 나는 모습은 '너'의 주소를 고쳐 쓰는 몸짓이다. 절묘한 이미지다. 기러기는 소식을 전하는 전신자傳信者 표상으로, 동아시아 전통으로는 정감 어린 새다. 19년 동안이나 흉노에게 잡혀 있던 소무가 기러기 발에 묶인, 비단에 쓰인 서신 덕에 구제되었다는 『한서漢書』의 기록이 그 연원이다. 우리 전통 시가에서 기러기는 가을바람, 서릿발, 북풍과 연관되는 서정시적 지배소支配素, dominant다. 신금信禽, 양조陽鳥라고도 하며, 쇠기러기·흰기러기·큰기러기가 있다. 옛 기록에 북녘 하늘 서릿발 내릴 때 나는 기러기를 뜻하는 북천상안北天霜雁, 가을 하늘을 나는 기러기 한 쌍을 가리키는 일쌍추안一雙秋雁이라는 말이 정감을 환기한다.

댕기 나풀거리는 제 그림자 제짝인 듯 // 이른 아침 강가에 홀로 선 왜가리 // 그 곁에 / 내 물그림자 // 그리움이 여울지네 (「물그림자」 전문)

'나'는 왜가리로 치환되었고, 주제는 여울지는 그리움이다. 길게 늘어뜨린 왜가리 목은 그리움의 표상이고, 여울은 세차게 흐르는 시간 표상이다. 그 속에 그리움에 젖은 자아상自我像이 어른거린다. 시인의 이미지 표출 능력이 범상치 않다.

적막을 건너온 화려한 소문 하나 // 꽃샘바람 팔락이며 들판을 떠돌더니 // 화르르 꽃불 지르네 // 염문을 퍼뜨리네 (「진달래」 전문)

적막은 겨울 표정, 화려한 소문은 진달래다. 꽃샘바람도 팔락이며 떠도는 정경을 연출하는데, 그중에 진달래는 꽃불이고, 퍼뜨려지는 염문이다. 진달래 산천이 바야흐로 눈앞에 펼쳐진다. 시각적 이미지 잔치다.

새하얀 언덕에 푸른 솔 한 그루

허전한 여백에 박새 한 쌍 날아들고

까치는 제 그림인 양 발자국 눌러 찍네
　－「설경」 전문

정중동靜中動의 한국화 이미지가 선연하다. 초장은 정적 속에 흰 눈과 상록 소나무의 색조가 대조되어 돋보인다. 새하얀 언덕은 수평, 푸른 솔은 수직 지향이어서 공간의 미를 표출한다. 여백의 정적 이미지에 박새의 동적 이미지가 실히 떠오른다. 소나무는 늘 한 그루여서, 고적한 시공을 마침 박새 한 쌍이 깨우고, 까치 발자국이 눈 위에 찍힌다. 그림이다.

먼 나라 여행 가듯 손 흔들며 떠나네

곱게 물든 옷을 입은 아름다운 뒷모습

노을빛 치마저고리 내 수의도 마련했네
 - 「단풍이 지네」 전문

가야 할 때를 알고 떠나는 이의 뒷모습은 아름답다고 한 이형기 시인의 자유시 「낙화」를 상기시키는 시조다. 노을빛 '치마저고리'와 '수의'의 연상 작용이 시상을 살린다. 현존과 비현존의 저 심각한 어름에 선 실존적 자아의 표상이 이리 가붓할 수가 있는가. 이향자 시조의 어조는 이같이 담담하다. 존재관이 초절超絶을 넘본다.

심심한 연잎이 이슬을 굴립니다

풀벌레 노래도 같이 섞어 굴립니다

궁금한 하늘이 내려와

파랗게 참방댑니다
 - 「가을 아침」 전문

시각적 이미지와 청각적 이미지가 좋이 교직交織되어 있다. 초장과 중장의 이미지 표상화는 단숨에 성취되고, 종장은 휴지休止를 주려고 두 줄로 갈랐다. 초장은 시각적 이미지, 중장과 종장은 시각과 청각이 어우러진 색청色聽 이미지로 표상화했다. 만만치 않은 시력詩歷이 짚인다.

감춰둔 분홍 편지 환히 소문나네

물수제비 통통 뛰던 섬진강 물결 위에

꽃잎이 퍼뜨린 소문

강마을 매화 지네
　－「낙화유수落花流水」 전문

　형태는 앞에서 본「가을 아침」과 같다. 제목은 대중가요의 패러디인데, 시조의 정취와 표상은 탈속脫俗을 가늠한다. 감추어진 내밀한 정감이 섬진강 물결 따라 흘러간다. 남도 옛 마을에 매화는 지고.

화려한 꽃 가득 핀 작약밭 지나와서
금낭화 비단 주머니 예쁜 길섶 지나와서

풀꽃과 눈 맞추었네
쪼그리고 앉아서
  -「시린 사랑」 전문

이 시조의 지배소는 풀꽃이다. 화려하고 고귀하다는 작약꽃도
금낭화도 한갓 스친 인연이다. 마침내 귀착한 사랑은 작고 이름
없는 풀꽃이다. 작약꽃과 금낭화는 풀꽃의 사랑값에 졌다. 풍속
의 역전이다. 시각적 이미지들이다.

이같이 이향자 시인은 시조가 언어예술이며, 현대시조의 요건
이 이미지 표상임을 알고 있다. 절제된 어조와 어우러진 이향자
시조의 이미지 표상화 기법은 원숙의 경지에 들었다.

이향자 시인은 시어 선택의 묘를 살리기 쪽에서 노작가勞作家
다. 특히 의태어, 의성어를 써서 이미지 표상화에 공을 들인 자취
가 역연하다.

아직은 매미 소리 찌릉찌릉 뜨거운데 (「입추」)

함박눈 소리 없이 나붓나붓 내리는 밤 (「겨울밤」)

한 잎 두 잎 가붓가붓 // 우수수 우수수수 (「바람 불어 좋은 날」)

산새 들새 지저귐이 일렁얄랑 즐거운 곳 (「새들의 고향」)

나무들도 수런수런 기지개를 켜는데 (「봄은 또 오는데」)

천축사 풍경 소리가 // 다 안다고 // 뎅그렁 (「풍경風磬」)

으으으 삼키는 비명 / 겨울밤이 찬란하다 (「메리 크리스마스」)

손 내밀면 파닥파닥 꽃날개 돋을 듯 (「산벚꽃」)

이와 같은 짓시늉, 소리시늉 말들이 이미지 표상화에 동원되었다.

(3) 자연 서정

자연 서정은 우리 시가 전통의 소중한 유산이다. 천지인天地人 삼재三才의 합일을 추구한 동아시아 정신사와 깊이 관련된다.

이태백 무현금을 살짝 튕겨봅니다

무릉도원 개울 따라 흐르는 복사꽃잎

임 뵈듯

산중문답을

가만 읊조립니다

  –「산중문답山中問答」 전문

    동아시아적 자연 낙원Greentopia을 재현했다. 당나라 시인 이백의 「산중문답」과 진나라 시인 도연명의 「도화원기桃花源記」, 우리나라 소설가 오영수의 「잃어버린 도원桃源」은 자연 낙원을 그린 대표작이다. "왜 푸른 산에 사느냐고 묻기에 빙긋이 웃고 답 않으니 마음 스스로 한가롭다. 복사꽃 흐르는 물 아득히 가니, 여기가 별천지지 인간세계가 아니로세問余何事棲碧山 笑而不答心自閑 桃花流水杳然去 別有天地非人間". 이백의 「산중문답」이다. 동아시아에서 복숭아는 영적인 힘과 은일隱逸 사상을 함축하며, 이는 낙원 표상으로 귀일된다. 우리나라 가락국(금관가야) 시조 김수로왕의 왕비 허황옥은 선도仙挑를 먹고 김수로왕을 만났다. 신라 시조 박혁거세는 선도성모仙挑聖母 사소가 낳은 성자聖子다. 복숭아는 도교에서 말하는 신선 세계의 표상이며, 때로는 악령을 쫓는 신물神物로 쓰이기도 한다. 우리 전통문학의 주요 모티프인 복숭아를 잠시 탐구해보았다.

    해거름 억새밭을 휘젓는 하늬바람

    늦가을 언덕에서 누가 첼로를 켜네

이제 곧 매서운 겨울

낮게 낮게 조율하네
 －「만추의 노래」 전문

　'형식의 감옥'을 의식한 현대시조 시인들은 여러 형태의 변이를 시도한다. 이향자 시인도 예외가 아니다. 이런 형태 변이는 시상의 조율과도 무관치 않다. 한 줄로 쓴 초장·중장의 시상은 거침없는 직진형이고, 종장의 경우는 첫 줄과 둘째 줄 사이에 휴지休止가 있다. '낮게 낮게'도 첩어 표기에 따른 '낮게낮게'와 시상에 차이가 있다. 시각적 이미지와 청각적 이미지가 어우러졌다.

　　하나 둘 별이 돋고 초승달 실눈 뜨면
　　유년의 풍경들이 아련히 펼쳐진다

　　오월의 푸른 보리밭
　　자운영 꽃물결
　　 －「초승달」 전문

　초승달을 매개소로 한 시조다. 별은 동반 매개소이고, 오월 청보리밭과 자운영 꽃물결이 이 시조의 지배소다. 자운영 흐드러

지게 핀 논둑과 푸르디푸르게 일렁이는 오월 청보리밭이 아득히 향수를 불러온다. 종달새 한 마리쯤 상상의 자연 속에 날아올라 도 좋겠다. 종장 두 줄을 붙여 썼다. 보리밭과 자운영 이미지의 근 접성을 강조하려는 의도가 작용했다.

등대 / 멀고 먼 // 적막한 새벽길 // 머뭇머뭇 돌아보는 / 눈 빛이 애처롭다 // 희미한 / 등대를 찾아 // 떠나가는 새벽길
(「그믐달」 전문)

그믐달이 유정화有情化해 있다. 달이 단순한 천체 미학의 대상 임에 그치는 것이 아니라, 고적한 항해를 하는 자아의 투영체로 변용되어 있다. 우리 동요 「반달」의 다른 버전이라 할 수 있다. 우 리 전통 시가의 자연 서정은 비애미·우아미에 젖어 있게 마련인 데, 이 시조의 천체 미학적 특성은 애이불상哀而不傷의 낙관적 비 애미를 표출한다. 새벽길이기에 그렇다.

순간 긋고 가는 날렵한 사금파리

그 순간 피어나는 붉은 장미 한 송이

때때로 피었다 지는

내 안의 아린 사람
–「장미」전문

장미는 사랑의 표상이다. 사랑은 아리다. 사금파리에 긁혀서 생채기 난 사랑이어서다. 생채기 난 곳에서 아리게 피어나는 장미꽃 같은 사랑, 그 사랑을 시적 자아는 어조를 가라앉혀 가만가만 이야기한다. 그러기에 더 애잔하다. 서정주 시인의「국화 옆에서」의 시정詩情에 접맥된다.

버려진 그 길가에 가을이 다시 왔네

까만 승용차만 쫓아가던 강아지

목이 긴 꽃이 되었네

온몸으로 꼬리 치네
–「코스모스」전문

코스모스가 강아지 표상으로 변용되었다. 쫄래쫄래 사람 친화적인 강아지, 애틋한 헤어짐에, 간절한 기다림의 표상인 목이 긴 코스모스와의 오버랩, 착상이 새롭다. 이향자 시인만의 코스모스, 창조적 유일성 확보다.

고운 춤을 추다가 부끄러워 멈춘 듯

슬픈 춤을 추다가 눈물겨워 멈춘 듯

벙그는 꽃봉오리가 잎새 뒤에 수줍다
　-「난초」 전문

난초의 은일고사隱逸高士다운 모습이 여성의 표상으로 변이되
었다. 여기서 난초는 고운 춤과 슬픔을 곰삭인, 수줍은 여인이다.
춤을 머금고 수줍게 피어난 난초의 꽃봉오리, 우리 전통의 여인
상이다. 감정의 결을 삭이고 눅일 줄 아는 이향자 시인의 절제된
어조가 돋보인다.

(4) 그리움
이향자 시조집 첫머리의 네 작품 모두 그리움의 표상들이다.
그리움의 서정으로, 이향자 시인은 말문을 연 것이다. 이미지도
선연하다.

포도나무 아래로 그대 오시어요 // 보름달 둥실 뜨면 달빛 젖
어 오시어요 // 여름밤 / '달·포도·잎사귀' 함께 외던 / 그날처
럼(「꿈길 따라」 전문)

공대 어법에 가만가만한 어조가 마음을 끈다. 그리움이 꿈으로 재현되었다. 구원久遠의 소녀 순이를 그리워한 장만영 시인의 「달·포도·잎사귀」의 서정이 스며들어, 달의 우리 전통 미학을 이었다. 박명薄明의 은은한 색조, 우리의 그리움은 거기에 머물기에 호젓하다.

　검푸른 숯빛,

　다시 활활 타고 싶은

　묵모란 한 송이 당신께 보냅니다

　가까이 걸어두고서

　불꽃인 양 보소서
　　－「먹그림」전문

한 송이 모란 묵화에 그리움을 담아 임에게 보내는 서정적 자아의 영상이 마음결을 고이 흔든다. 다만 그리움의 매개소는 모든 색소를 다 흡수한 묵모란인데, 거기엔 내밀히 타오르는 정념情念이 품기어 있다. 그 정념을 삭이려는 정신 지향과 타오르는

욕구 사이에, 아름다이 교차하는 그리움이 숨겨 있다. 이 묵모란
은 조선 여인 홍랑의 "멧버들 가려 꺾어 보내노라 임의 손에" 그
'멧버들'에 치환된 지배소다. '보냅니다', '보소서'의 공대 어조가
그리움을 간절케 한다.

그리움이 강물이면 종이학 새가 되네

우아한 날갯짓 설레는 가을 강변

물결도 그 시늉 하네 내 사랑 새가 되네
 –「백로 한 쌍」 전문

'천 마리 종이학'은 그 얼마나 간절한 그리움의 우리다운 표상
인가. 그 종이학이 새가 된다는 창조적 상상력이 경이롭다. 이별
의 표상인 가을 강변이라 그리움의 시상이 좋이 어우러졌다.

가난도 원망도 아득히 멀어지고 // 다만 다가오는 / 내 슬픈
이름 하나 // 그곳은 꽃 지는 봄인갑다 // 쏟아지는 하얀 꽃잎
(「함박눈이 내린다」 전문)

그립다는 말은 한마디 없이 그리움을 그렸다. 그리운 대상을
마음속에 연연히 그리는 것이 그리움이다. 함박눈은 꽃잎이 되

었다. '-갑다'는 '-가 보다'의 남도 방언으로 예스러운 정감을 환기한다.

(5) 터득

삶의 간난신고·우여곡절·희로애락애오욕을 시조 쓰기의 절제의 마음밭에 심으면, 가라지가 아닌 지혜의 풀, 지혜의 나무가 자라고 지혜의 과일이 열린다.

솔과 절벽이 서로에게 미안하다네

가슴을 후볐다고

깊이 품지 못했다고

그 아래 푸른 물결이 추임새로 철썩이네
　-「솔이 사는 절벽」 전문

솔과 절벽이 지배소이고, 그 아래 푸른 물결은 보조 지배소다. 둘이 화해하는 데에 그 이웃이 추임새를 보낸다. 아프게 한 서로의 과오를 깨치고 화해한다. 지혜 터득의 장면이다.

한 줄기에 가지가지 오손도손 살고 있네

알록달록 어울리니 버릴 것 하나 없네

분꽃이 빛깔로 하는 말

가슴으로 들었네
 ―「화이부동和而不同」전문

　서로 어울리되 개성이 있음을 뜻한다. 분꽃이 지배소이고, 빛
깔이 화이부동이다. 시적 자아의 어조가 분열이 아닌 통합과 화
합이니, 삶의 궁극적 각성이다.

고요와 침묵 속으로 정갈하게 스민다

무량한 품에 안긴 나는 어린 양

온 세상 하얀 꽃나무

붉은 죄도 하얗다
 ―「눈꽃」전문

　종장 제2구 '붉은 죄도 하얗다'가 백미다. 온 세상이 설화雪華,
눈꽃으로 덮인 시공에서는 일체의 죄악마저 정화됨을 본다. 터

득의 감동이다. 신앙적 거듭남이기도 하다.

(6) 회상

회상은 과거 지향적이나, 꼭 퇴영적인 것만은 아니다. 현재와의 대화이면서 미래 지평의 창조적 실마리가 되기도 한다.

밥태기꽃 흐드러진다 // 이팝꽃 넘쳐난다 // 가난이 부끄럽던 첫사랑 보릿고개 // 봄이면 허기진 가슴 // 못 지우는 봄앓이 (「찬란하여라」 전문)

모든 것이 넘쳐나는 지금 시적 자아는 봄앓이를 한다. 보릿고개 그 굶주리던 시절을 잊을 수 없어서다. 망각되어서는 안 될 산역사다. '보릿고개 못 넘어 돈벌이 떠난 누나'의 「큰누나」와 '뻐꾸기 울음소리도 배고프던 어린 시절'의 「나뭇잎점」도 같은 부류에 든다.

농사짓기 즐기시는 울 엄마 목화밭
하얀 솜 몽실몽실 꽃보다 더 좋아라

하늘밭 일구는 재미
잘 계시네 울 엄마
－「솜털구름」 전문

137

하늘에 뜬 솜털구름이 목화로 치환되었다. 그 옛날 목화밭 가꾸시던 어머니의 '하늘 농사'를 시인의 자아는 지금 하늘에서 보고 있다.

(7) 주변인 살피기

문학작품은 인식과 형상의 언어예술적 복합체다. 인식을 의식으로 대체하면, 문학작품의 의식은 넷이다. ① 개인의식의 형이상학적 지향, ② 사회의식의 형이상학적 지향, ③ 사회의식의 형이하학적 지향, ④ 개인의식의 형이하학적 지향이 그것이다. 다음 작품은 ②에 속한다.

키 작고 못생기고 다리는 휘었어도

목청만은 좋아서 잘나가는 엿장수

덩기덩 신나는 장구춤

깊이 감춘 속울음
– 「품바 여인」 전문

인생은 자주 아이러니다. 사는 것이 아이러니하다는 뜻이다.

138

웃음 속에 눈물이 있고, 눈물 속에 기쁨이 깃들인다. 고귀해 보이는 것 속의 비천, 비천 속의 고귀성, 성스러움 속의 추악, 추악 속의 성스러움은 아이러니다. 파스칼의 말처럼 천국을 걸고 내기를 할 줄 아는 사람은 가브리엘 마르셀에도 마음 문을 열어야 옳다. 웃음 속의 슬픔을, 죄악 속의 성스러움을 사려 깊은 호모사피엔스는 볼 줄 알아야 한다. 시인은 파스칼의 사색하는 갈대다. 그렇기에 이 시조 한 편이 귀하다.

3. 맺는 말

이향자 시인은 우리 시조 전통의 고유성과 현대시조의 지향점을 제대로 짚었다. 이 시인은 시조의 소재 전통을 잇고 있을 뿐 아니라, 그 창조적 변용의 정신과 기법의 탁월성을 과시한다. 주목할 시조시인이다. 가령 시조 전편의 어조가 급박하지 않고 눅어 있다. 톤이 낮고 밝고 싱그럽다. 고시조의 말하기 방식을 계승하여 새롭혔다.

이향자 시인은 현대문학이 '들려주기'보다 '보여주기' 기법에 현저히 기대고 있다는 기법적 상식에 충실하다. 이를테면 사군자 중의 난초나 송죽松竹의 소나무, 눈과 달의 전통 정서에 접맥시키면서도 현대 시학적 이미지 표상화 기법으로 이를 재현한다. 난초나 소나무가 전통 윤리의 알레고리가 아닌 미학적 지배소로, 달은 박명薄明 미학의 현대적 지배소로 변이되었다.

이향자 시인의 시조는 자연 서정, 기다림과 회고의 전통 정서를 잇고 있다. 그럼에도 서정적 비애미가 우아미에 기울어 짙은 슬픔은 좋이 삭이고 만다. 기다림과 회고의 정서도 "그립고 아쉬움에 가슴 죄던" 고시조의 전통 정서를 계승하였으되, 애탄과 회한은 씻었다. 화이부동이다.

이향자 시조의 유일성은 무엇인가? 빼어난 이미지 형상화 기법이다. 시가 설명이 아니라는 것을 웅변 이상으로 선명히 보여 주는 것이 이향자 시인의 시조다. 고시조 소재 전통과 전통 정서를 이었으면서도, 시상이 낙관적 비전으로 영글었다. 예를 들면, 신경림 시인의 자유시 「갈대」와 이향자 시조시인의 그것은 다르다. 흔들림이라는 제재는 다르지 않으나, 이향자 시인의 갈대와 억새는 울음을 터뜨리지 않는다. 아늑, 나지막이 어조를 조율하며 절제된 자유의 표상으로 흔들린다.

빛과 고요, 고요와 침묵, 그 속에 서린 살뜰한 그리움으로 박명의 마음 지평을 여는 것이 이향자 시인의 시조다. 나긋나긋하며 맑고 고운 어조에 낙관적 비전. 이향자 시인의 시조를 읽는 마음은 쾌청이다. 주변인들에 대한 관심을 더 담은 다음 시조집 발간을 기다리기로 한다.